서랍마다 별

국립중앙도서관 출판예정도서목록(CIP)

서랍마다 별 : 강서완 시집 / 지은이: 강서완. -- 대전 : 지혜, 2016
p. ; cm. -- (지혜사랑 ; 144)

ISBN 979-11-5728-175-6 03810 : ₩9000

한국 현대시[韓國現代詩]

811.7-KDC6
895.715-DDC23 CIP2016007107

지혜사랑 144

서랍마다 별

강서완

지혜

시인의 말

오랜 어둠 속에서

이끼 낀
돌을

보았다

2016년 봄
강서완

차례

1부

2부

3부

4부

• 일러두기
한 연이 첫 번째 행에서 시작될 때는 > 로 표시합니다.

1부

달의 비늘이 벗겨진다

절벽 끝은 하늘에 닿기 좋은 때, 만월이 쏟아진다 심장을 밖에 내건다 머리에 꽂은 하얀 헝겊리본 냄새가 난다

한 뼘 웅덩이까지 자늑자늑한 주파수

밀려온 색들이 혈관을 헤엄친다 훅, 훅, 열꽃이 피어난다

카이로스의 저울과 검이 중력을 벗어난다
신도 취한 봄밤이다

발효된 열기가 모서리를 감싼다 목에 걸린 지문이 녹는다 때로 환상을 횡단하는 사이클에서 녹색바람이 불어온다 자우룩한 취기에

밤새 어둠이 발라먹은 달의 물렁뼈
샛별, 그 바라기

망망대해

그토록 작은 손이 해를 들어 올린다 나이테에 낀 햇살이 기지개를 켠다 발에 어깨에 날개가 돋는다

>

천 갈래 잎맥에 활어가 요동친다

한껏 사월이 부푼다 빈 굴뚝도 팽창한다

문명 한 층

1

골목이 보이지 않고, 사람들 속도에 맞춰 사람들 속을 사람들에 떠밀려 걸었다

생각할 틈 없이 저녁이 오고 아침이 왔다

범퍼에 엉겨 붙은 하루살이 떼

그들을 읽지 않은 채 세차했다 길은 흐름대로 가야한다 밥시간에 밥 먹고 쉴 시간에 쉬고 다수의 찬성에 동의하고 붉은 티를 입으면 나도 붉은 티 입고 그들이 경계하는 것을 나도 경계했다

결심 없이도 내일이 오고 오늘이 갔다 어느 날

촛불들이 골목에서 쏟아져 나와 큰길을 걸었다 침묵이 부풀고 어둠이 축축해졌다

섬이 생기기 시작했다

수백 마리 하루살이 중, 단 한 마리도 반항하지 않았단 말인가?

어떤 섬이 영혼을 들추었다

2

초겨울에 봄꽃이 피었다

한 연구자가 저서를 출간했다 계절은 정상이며 이제 곧 제비가 올 거라고 강경 발언한다

그러나 폭설! 겨울이다

3

추락하는 물고기들, 딱딱한 날개들, 팍팍한 가슴들

저녁을 구기고 새벽타임을 맞춘다

4

섬이 많아지고 있다

섬과 섬의 뿌리가 맞닿는다 섬들이 촘촘한 그물을 펼친다 바깥을 향한다

피노키오 가면

직관은 얼마나 쓸쓸한 동물인가

슬픔을 위로하는 이인칭과 머리로 웃는 일인칭

백색을 찬양하는 박수로
날개를 단 이면
이념과 깃발과 믿음

군중이 새 옷을 환호하고
보이지 않는 색을 믿고
상징을 우러러 귀를 당길 때

후광에 싸인 의자
캐릭터가 떠오르는 정상

비극을 끝낸 배우는 휘파람 불고
관객의 손수건은 흠뻑 젖는다

가면을 쓴 달은 얼마나 애잔한가
별들도 들썩인다
이는 어둠과 어둠의 동침
회색이 회색을 건너가는 방식

>

잠든 얼굴에 무엇이 필요한가?

달의 냄새를 꿰뚫는 짐승
날마다 그믐이다

사탕수수의 피

쉽게 권력이 됐다 독한 것이 권력이다 질기고 강한 권력, 노예들의 신음이 카리브 해 용광로에 들끓었다 치솟는 힘이 멋의 제국과 결혼했다 곧바로 날개를 달았다 상처 속을 후벼낸 어둠은 재빨리 지하세계로 스며들었다 노동자를 위로한 달빛이 전염병처럼 퍼졌다 곧 빈민층의 아편이 됐다 깊은 늪, 이성이 추락했다 먹구름 쏟아진다

어둠은 나의 아편,
나는 중독됐다

고전적인 불볕

그러면 칸나는

줄 없는 기타로 어떤 색을 노래할까?

슬픔을 쏟아낸 살결처럼
어둠은 빛의 내면을 찾아가는 것

몸으로 말해야 할 때
삶은 가장 단순해진다

날아오른 무용수가 몸을 펼치듯
더위를 껴안은 칸나는
팔다리와 웃음이 복원된 토르소다

헝클어진 빨강, 폐기된 사물, 허공의 바리케이드, 과거의 해독에 골몰한

폐허를 밤이슬에 씻던

칸나,

발톱에 동여맨 붉은 노래, 부르튼 잎들이 지런지런

쏟아지는 역광을 끌어안는다

입꼬리를 올린 미라

그가 파라오라니!
여왕의 명문이 새겨진 이빨 하나

황금 잔에 달을 녹이고 수염을 붙인
그 파라오, 산천을 저승에 이전하려 한들
장례는 산 자의 잔치
부장품의 목록에서 삭제된 침묵이
3500년 만에 드러났다

달빛 배인 입술
시간이 흐르는 머리칼
기품 서린 눈가

제 이름을 버리기 위해
누군가를 수만 번 용서했으리
하루에도 수십 번 낮아졌으리
딱정벌레도 쇠파리도 범접치 못한
고독을 악물고 즐겼으리

그는 온전히 죽는데 수천 년을 지불했고
모든 기억을 지웠으므로 흙에 속하지 않았다
그의 미소 앞에 목례하는 사람들이

그의 죽음을 꽃피운다

제 허물 속을 들여다보는 이가
눈부시게 거울을 닦는 것은
찬란한 유산을 잊기 위해서다
망각을 완성하기 위해 사람들은
저마다 미라를 향해 걸어간다

카르페 디엠

한 방울의 눈물,
한 방울의 피도 그냥 버려지는 게 아니다.
— 프랑수아 모리아크

인간이 벌레보다 나은 희망이라면 너는

상자 속 청바지를 입어야 했다 책상 위 먼지를 털고 노트를 펼쳐야 했다

거꾸로 돌렸다고, 총구를? 스스로?

그럴 리 없다 눈을 떴는데 네가 없다고 네가 없을 리 없다 어떻게 전언 한 줄에 총알이 박혀 있나 네가 담보한 미래를 구멍 낼 리가 있나

병기를 겉도는 심장, 죄를 모르는 청춘, 팔다리가 없는 꿈, 압사된 절망, 침묵하는 비명 어디쯤에서 별 하나 지워졌나

도약의 색깔을 묻지 않는 밤이여 목숨보다 시퍼런 어둠이여

줄장미가 담장을 녹인다 가시에 찔린 유월이 갑작스레 고꾸라진다 모든 절명은 타살이고 사람들은 붕붕거리며 지나간다

누군가에겐 마냥 여름이 창창하고

상자 속에선 억울한 운석 하나가 눈 감지 못하고 섰다

계단 풀기

열쇠가 열리지 않아, 라는 말을
열 시가 열리지 않는다고 들었다

열 시 십 분의 자세로
일어서고 눕는 계단
바다는 열려 있고
아이들은 닫혀 있다

학교에서 학원으로
도서관에서 고시원으로

나비가 날지 않는 놀이터

아이들의 홍채 속에서 풀들이 자란다
베어내도 풀들은 자라고
봄을 잡으러
벽속으로 걸어 들어간
청년의 피를 믿을 수 있을까

하늘과 꽃과 새를 책갈피에 끼운 채
새벽 전철을 타고 직장으로
어둠을 안고 집으로

>

열시 너머 어둠에 기댄
열려라 계단,

너울성파도가 밀려온다
수평선을 박차고 열시를 허문다

열한 시 십오 분의 각도로
갈채가 쏟아지는 계단
벽속에서 나온 아이들이
사분사분 계단을 연다

색청

한 권이 온통 노랑나비다 노란 냄새 피어난다 어떤 날개는 금계국 노랑 레몬향 생각도 있다 책장을 덮은 나는 노랗게 물들었다 나는 탐구한다 노랑의 환희와 어둠을, 삼원색이 날개를 겹치자 삼색 빛이 펼쳐진다 노랑은 새털구름도 먹구름도 된다 흰새나 박쥐 상어도 된다

허공이 출렁거린다 음률에 젖는다 지붕 위에서 노란 물고기를 본 것도 같다 밤을 건너는 눈동자에 우울한 색과 고음의 노랑이 스민다 검고 가느다란 나뭇가지에 달이 걸리고 붉고 굵은 나무 뒤로 파란 허공이 보인다 삼색도*의 숨결에서 음악이 흘러나온다 흔들려도 절룩여도 말간 꽃잎들…… 노란 비에 젖는다 사슴의 다리로 늑대의 울음으로 천 마리 나비와 스텝을 밟는다

'당신'은 옳고 그름이 아니에요
음악이에요

겨울을 건넌 사람이 흰손으로 하늘가 새소리를 전하고 있다

* 나무에서 세 가지 빛깔의 꽃이 피는 복사나무.

사랑

사막에서 넘어졌습니다

손에 박힌 모래를

모두

밤하늘에 털었습니다

도플갱어

달빛 아래
잠든 손

산맥을 접고 호수를 타고 온
바람이 만돌린을 스친다

동백꽃이 툭툭 떨어진다
기염을 토하던 초록색이 엎어졌다
한밤엔 늑대가 왔다
절벽 끝에선 하늘도 목을 늘였다
허공이 끈적거린다

바람의 근간이 휘발된다
목이 긴 물병 속으로 달빛이 휘어진다
기립할 수 없는 아침

물의 무늬가 깊어졌다
근육이 생긴다

저 곡선을 읽으려고 그는 한 생을 소진했나?

누군가 눈썹 위에 다녀갔다

기시감이 날아간다

햇살이 손을 당긴다
무한대가 일어선다

긴 여름

자음을 잃은 소녀야
네 날개에 태양의 지문을 찍자

꽃을 밀어 봐
별을 불러 봐

냉기로 붙박인 별과 …… 별의 거리
차량을 세워 구걸하는 소녀야

불타버린 아버지 어머니
흰별의 값을 삼촌이 탕진했구나
수년 발길질에 터진 머리
온몸엔 상처
맨발의 열쇠는 이마에 끓고
눈동자엔 탁한 거미줄

여름은 신발을 벗고
봄은 지하에 갇힌 지 오래
파르마콘을 쥔 화단에
칸나는 알이 굵어지는데

자음을 찾는 소녀야

솟아오르는 흰새를 보았니?

틈을 벌려 봐
벽을 열어 봐

여름은 속도가 아니라 사무친 신념이란다

저녁의 변이

쓰나미의 위력은
속도와 거리의 전복

독사가 치솟는 순간 하늘에 파르마콘 퍼졌다

주홍빛 파도가 하늘을 휘돈다

잎아, 밤새 등뼈를 키우는 이파리들아
고난의 텍스트를 풀던 바람아

무엇이 심장을 덮쳤나
해변에 널린 햇빛이 기억을 발굴하고 있다

새가 날지 않는다
방파제가 흘러내린다

간신히 깔리는 노을

게다가 서풍이 불어오면 끔찍한 일
나비가 사라지면 두려운 일
발목을 스쳐간 뱀조차 그리운 일

>

팽창하는 소용돌이
엉킨 소리들이 심장을 쫀다
눈동자가 팽창한다, 두 귀가 절규한다

뼛속에 남은 빛이 사라진다
회오리치는 어둠! 빨려 들어간다
허공이 입을 벌린다

녹는점

무엇이 보고 있다. 사위 빽빽한 눈. 숲. 바다. 사막. 여백에 꽉 찬. 뚫어지게 응시하는. 솜털을 세우는. 살에 스미는. 가슴에 꽂히는. 그러나 아무도 없는데. 하늘은 하늘. 새는 새. 꽃은 꽃인데. 로뎀나무야 불러야 하나. 때가 되면 여름. 꽃 지면 열매. 아보카도라고 적어야 하나. 수십억 광년 살을 헤쳐 뼈를 풀어 사라진 무엇의 기척. 어제의 들숨. 오늘의 날숨. 뛰는 피아노건반에게 칸타타 Bww 147이라고 해야 하나. 칼의 통곡 여름의 입술이라고 불러야 하나. 그러나 보이지 않는데. 휘휘 휘저어도 잡히지 않는데. 내 몸 휘돌아 악수하는 목련에게 답해야 하나. 돌에 새긴 언약. 밀밭 솔의 키스. 날아다니는 눈동자를 가방에 넣고 다녀야 하나. 투명한 숨소리. 심장을 관통하는 무엇의 저의. 눈초리 가득한. 살갗을 넘나드는. 있는. 없는. 무엇.

2부

저울 사용법을 들었습니까

내리 깐 속눈썹을 노을빛으로 세어본 적 있나요?

입술에 깃든 온기나 얼굴에 퍼지는 수심은 어떤가요 수평선을 바라보는 옆모습은 또 어떤가요

소울컬러 물결치는 거리에 태양이 사라진다면 뜻밖의 북극은 어떻게 측정되나요

테이블마다 언어가 흐르고 있네요 주관에 추를 맞춥니다 눈금들이 심하게 흔들립니다 저울은 어떤 이념이든 꼭 망설입니다 그는 오늘 조용히 술만 마십니다 제로저울입니다 다행입니다 얼굴을 엎지르지 않겠네요

아이들은 복화술을 꿈꿉니다 교실이 세상의 모순을 극복할까요

공간 이동의 신중한 말들이 달빛에 흩어집니다 고양이를 안은 바람이 홀로 서성입니다

협곡을 걷는 구름은
빙하에 흐르는 물결은
지평선을 높이는 추위는

>

허상인가요, 무엇이 밀려오나요?

차 한 잔을 비울 때마다 알 수 없는 그 무게, 남자의 눈에서 얼핏 나비를 보았습니다

누군가 내게 총을 쐈다

달린다, 총

지구를 맴돌던
순식간의 개기일식

먼 은하에서 달려온
희고 붉고 푸른
이 뜨거움은 무엇인가

새들의 달뜬 심장
땅을 누르는 어둠
달빛이 뿜는 물고기냄새
꽃 속의 늑골
뇌에 꽂힌 독화살

푸른빛 코로나가 휘감는

풀잎에 맺힌 새벽별
꽉 찬 고요가 흘러나온다

출렁인다, 헤친다

>

시속 160킬로로 달리는 음악 속에
책장의 꽃 속에
휘도는 격정 속에

불현 듯
무엇엔가 끌어내는 총 한 방

탕!

안개, 온몸에 비가 내립니다

서랍 속으로 들어갑니다 서랍 속에도 비가 내립니다

페가수스의 수원水源에 서식한 불안이 웅크립니다

그가 꽂아 두고 간 기억엔 천 개의 서랍이 있고 천 개의 서랍마다 별이 피었습니다

별 속엔 악보의 감정 사이로 몇 광년의 바람이 지나갑니다 음악이 움튼 호수와 나무 어깨에 돋은 날개와 쏟아지는 색깔들을 어찌할까요 겨울의 음폭과 물결치는 남쪽은 또 어찌할까요

서랍 속에서 잠이 듭니다 천 개의 서랍 속에 비가 내립니다

젖은 달빛 속으로 눈 먼 음표들이 날아듭니다 푸른 비린내가 발등에 미끄러집니다 하늘을 마신 긴 목에서 새 한 마리 파닥거립니다 그림자 없는 귀에 붕대를 감습니다 야윈 리듬이 명치를 휘돕니다

밤새 자작나무 이마에서 고열을 나르던 손이 아침을 깨웁니다 천 개의 풍경에 초록이 돋았습니다 이끼 낀 바람이 모서리에 말갛습니다

>

지지 않는 그늘이 서랍 속에 삽니다

천 개의 서랍 속에 날마다 별빛이 맺힙니다

씨앗의 탈주

획획, 댄서가 음악을 당긴다
각도를 이룬 음계
회전력을 지탱한 줄기에 속속 이파리가 돋는다
너를 향해 가지를 뻗는다

파닥파닥, 미래는 예정된 꽃을 피우는 중

참나무 벚나무 포플러 버드나무 갯버들 아몬드 잎들은 어긋나고 마주나고 돌려나고 뭉쳐난다 샤스타데이지는 36개 꽃잎을 사과는 흰꽃을 함부로 뻗은 덩굴도 얼키설키 꽃이 된다 피보나치수열을 새긴 뿌리가 햇살을 당긴다 댄서가 어둠을 휘젓는다 농축된 생각이 태풍을 회전시킨다 흩어지는 꽃잎들, 바닥이 균형을 입는다 침묵이 깊어진다 수억 광년 달려온 빛으로 사과나무 흔들린다 눈 감아도 네가 보인다 나는 펄럭인다 꽃잎이 쌓인다 무럭무럭 익는다 낯선 듯 익숙한 이 향내

미래를 바라본 씨앗이 사과를 탈주한다

홀연 풀밭에 떨어진 운석 하나

한때 빛났던 은하

저것은 달의 파편
사막을 횡단하던 낙타의 발톱
가시 없는 선인장

바람 부는 곳으로 먼저 쓰러져
허리를 받쳐 주던 손
덩굴손 잡아주던 눈
심장에서 쏘아 올린

그 나비들 어디로 갔나
그 많은 잎들을 버리고 나무는 어디로 갔나
다정하던 눈빛들 어디로 사라졌나
나비가 없어서 첫눈이 오네
하늘이 무너지네

지평선에 눈이 쌓이네
운석의 발을 덮네
강물을 꽁꽁 묶어버리네

나비는 어떻게 얼음 속으로 들어갔나

동쪽까지 하얗게 멈춰 버리네

완화곡선

향기에 대한 섣부른 기호는 경계할 일

와인 잔은 살포시 잡고
팔꿈치를 뻗은 먼 거리에서부터 천천히

알자스의 바람
햇살의 각도
뿌리의 기도

아주 느리게, 눈이 먼저 마셔야 한다

끈끈한 음기
게슴츠레한 고양이 수염
떠도는 심장

나비안경을 벗긴 말들이 뺨에 젖어든다
야릇한 향내가 속눈썹에 붙는다
시계바늘이 휘어지고 뼈가 녹기 시작한다

향기가 향내를 부르는 더블플롯

사소한 일상이거나 연대기이거나

엎질러지는 눈동자
바둑판에 놓인 흰 발과 검은 말

잔이 잔을 부를 때
몽롱한 색깔을 붙들고

파도 첩첩

붉은 어깨의 나비는
숱한 묘수를 어찌 헤맬 것인가?

파동의 발견

누군가 웃는다
한 사람의 찻물에 파동이 인다

왼쪽에 비 내리고
북쪽이 맑은 날 있어

햇빛도 생각도 겹겹인데

눈 감으면

뼈를 발라낸 한 잎 구름
온몸 부풀어 중력을 벗어난다
닫은 계절이 밤과 낮을 뒤덮어도
속눈썹 안에서 물드는
걸림이 없는 무늬들

태양을 향해 무조건 반사한다

어디선가 웃는
등 뒤에 안개가 끼고
그 밤에 몰래 젖은 사람이
손톱 가지런히 꽃물 드는 아침

>

먼 곳에서도
가만가만 그늘을 전지해 주는
그리하여 누군가는
제국의 주인이 되는

선인장 가시가 물을 길어 올리는 시간

단서는 없었다. 어떤 지문도 발자국도 피 한 방울의 흔적도 없이 숨을 거둔 남자. 반듯했다. 책상 위에 시든 선인장 하나가 형사의 떨림을 알아챘다. 사건의 목격자로 선인장이 지목되었다.

태평양 솔로몬마을의 벌목방법은 나무를 향해 수십 명의 장정이 며칠간 고함을 처대서 시들어 죽게 만드는 것인데, 벡스터* 연구에 의하면 선인장은 두려움으로 말라 비틀린 것. 거짓말탐지기를 장착한 선인장에게 5명의 용의자를 대질시켰다. 그 중 한 명을 보자 탐지기가 심히 흔들렸다. 형사들은 그를 집중 추궁했다. 사건이 범인의 자백으로 종결될 즈음 선인장 가시는 다시 꼿꼿해졌다.

햇살 한 줌, 바람 한 켜, 달빛 몇 점이 정신병원 쇠창살에 달라붙어 바흐의 골드베르크 변주곡을 띄우고 있다.

* 클리브 벡스터 : 미국의 거짓말탐지기 전문가. 식물의 자극과 반응에 대한 연구를 발표. 극단적인 상황에 직면한 식물은 인간처럼 기절하거나 실신하여 그 상황에 대한 자기방어를 한다고 함.

청춘의 얼룩

승냥이 발톱이거나 이빨자국
어쩌면 번개의 갈퀴

강철에 물오를 것 같은 날

처녀가 걸어 들어간 숲

쇄골 깊은 곳

스웨터

발가락에 숟가락을 끼워 밥을 먹인다
뜨면서 십 분, 옮기면서 십 분, 먹이면서 십 분

오그라든 털실이 된
저 한량없는 손가락 발가락

한 코 한 코 연결하는 둥근 고리
한 땀 한 땀 넓어지는 빨간 색

허우적대는 밥알투성이 사지에서
황급히 등을 돌리는
세 살 된 아이가 자지러진다

서툰 뜨개질로
민무늬 엄마가 되고 싶은 여자
아이의 곁눈질에
뒤엉킨 숨이 죽는다

나는 엄마다, 되새기는
굽은 뼈대만 남기며 흩어지는 열꽃들
꼬물대는 꽃잎들아, 그러나
아침이면 다시 안녕

>

뜨거운 지문이 묻는
여우꼬리에 붙은 시간들

주어와 동사 사이
자꾸만 비탈로 떨어지는 목적어 하나
안간힘으로 비틀린 동그라미를 당겨
햇살을 꿰는 저 여자

온몸을 털실로 풀어쓰는 그녀에게
지구는 시간을 묻지 않는다

전언

가죽가방에서 연록의 냄새를 맡았다면
당신은 유령을 본 거에요

망초무리와 바람소리
햇빛을 흔드는 새소리까지
아버지의 가방에서는
발효된 시간의 냄새와 함께
당초문을 채색한 언월도偃月刀, 혹은 어좌御座와 같이
주위를 사로잡는 위엄이 있었지요

세금고지서가 뿌려지는 계절이면
간혹 무엇엔가 쫓기는 주민들이 이주를 서두르곤 했는데,
그에 따라 가방도 주름살이 마냥 깊어져
초콜릿 냄새를 더 이상 품지 못했어요

적막감 자주 날아드는 요즘 내 방은
조각달로 밀주를 담가 여명으로 덮어두곤 해요
나뭇가지에 걸린 별빛이며
여름을 건너가던 소나기와 무지개 냄새로
초록색 짙은 아버지 가방의 유령이
숨소리 내뿜지도 못하는 내 앞에 흘러나와요

>

때때로 꿈에 관한 이야기 들려주던 그 가방은
아버지의 손길이 사라진 이후, 누구에게도
단 한 번도 아무 말도 걸지 않았어요

흐르는 기호

늑대울음소리를 들었다는 소문이 날로 굵어졌다 새벽이라고도 했고 한낮이라고도 했다

생후 일주일 만에 동산빌라 302호 가족이 됐다 문화적 섭생에 품격 있는 의상을 갖추고 종일 홀로 집을 지키는 사람다운 개

어둠이 밝히는 소리에 언덕 아래까지 귀를 늘인다
컹컹컹 소리가 달린다

라일락향기에 섞인 껌냄새

환상인가 현실인가

한 잎 내려오는 길, 또 한 잎 또 한 잎 또 한 잎……, 기억이 쌓인다 애초 불임 수술을 거친 동산빌라 302호 사람다운 개는 오늘도 골목을 내려다본다

창밖,

정오의 햇살이 휘파람을 분다

>

유리창이 녹는다

쿵 쿵 쿵

동산빌라 302호 사람다운 개를 찾아온 사춘기
큰북이 찢어진다

인디언 핑크

사카린 냄새나는 뒤란,
귀에 꽃잎이 쌓인다
시간을 흔드는 색깔들이 살며시 창문을 연다
노을 켜켜이 쌓이는 숲에서
익어가는 별들이 구슬픈 소리를 낸다

야경 골목
그림자를 쫓는 호루라기 소리
달빛 절룩이는 그때
누군가는 어두운 민주주의에 쫓겼다

사금파리들이 조각한 하늘
파랑새가 날아간 계절

문고리가 떨린다
환후 중인 세월 곁에 눕는다
너도 우리도 흔들린다

속살속살 반딧불
구름 풍선을 드릴까요, 당신!

수원성 한 바퀴

열한 살 아이가 볕에 타죽는 아버지를 보았다

붉은 눈물이 목에 걸렸다 몇 갈래 터진 심장이 기도를 넘지 못해 울컥거렸다 망막에 맺힌 핏줄이 터지고 찢어진 햇살이 흘렀다 흩어진 빛을 쏟아 붓는 까마귀 떼

아이의 가위 눌린 소리에 베개가 뜨거웠다 땀으로 흥건한 이불 속에서 두 주먹을 불끈 쥔 청년이 급기야 검 대신 벽돌을 들었다 69만 5천 장 벽돌로 아버지의 세계를 구축했다 아버지가 북쪽을 그리워하면 이따금 아들이 달려가곤 했다 그 하늘에 닿은 천륜의 벽돌 오륙 킬로 성벽…… 부자의 호흡 사이 걸러진 역사가 서걱댄다

선각先覺의 비飛는 비悲다
희다, 뜨거운 꽃이다

3부

밀밭 소나타

눈이 부셔요, 단지 바라보았을 뿐인데요

미소 하나가 태초의 햇살로 비추는데요 모퉁이가 뜨거워요 그늘이 빛을 먹어요 잃어버린 소중한 것들이 고개를 들어요 내 안에 청춘이 출렁거려요

웃는 얼굴 수없이 다녀갔지만 그때마다 황폐화되기만 했던 가슴

어떻게 미소 하나가 천만 볼트로 다가올까요 어떻게 수십억 줄기가 한 몸이 될까요 내 안에
머나먼 입맞춤이 자라요

바람이 불어요 한 방향으로 흔들리는 국경

열린 적 없던 바위를 열어요 영하의 심장을 꺼내요 파묻혔던 무릎을 세워요 태양이 지지 않는 한

그에겐들 푸른 잎이 없겠어요?
꽃인들 피지 않겠어요?

그린라이트

안개 잦은 숲속이 수도원 회랑이다. 나무발치에 수도사의 옷깃 스치는 소리. 천 번을 쇠락하다 천 번을 살아난 풀들이 문턱을 넘는다. 사리만 남은 황감나무에 까치들이 옹긋쫑긋. 누대의 경계를 넘어선 저 새들, 나무들이 퍼 올리는 물소리 들은 거다. 무거운 외투 벗어던진 근육의 전설을 아는 거다. 바람이 형체를 기억하기 시작했다. 햇살이 색깔을 빗는다. 돌탑 그림자가 적막을 일으킨다. 새벽마다 통증을 지우는 안개, 혈관에 물오른다. 도란도란 봄비 올 적마다 어깨 들썩인다. 곧 하늘 문 열린다. 뿌리들 만개한다. 돌탑에도 꽃물 돋는다.

작은 화분에, 구름

1
시시해
햄버거 속 머리카락
아파트 층간 두께

답이 없는 안부
명단 잃은 좌석
선한 말에 붙인 아플리케
그림자 없는 악수

햇살이 쓰담쓰담
바람으로 쓸어간 자리
사소한 분노는 울적해

우리는 다반사로
제 거미줄 흔들어
어제의 온기도 잃고
감전되지, 고압에

스스로 높고 빳빳한 건물

속도위반 과태료

입원실의 기면증환자
가면 뒤의 조항
우리는 각자 흐릿해

2
커튼 친 백야를
어둠을 분노하는 우리는

정석을 떠나 오지로 가고
창가 화분도 바다를 넘고
때론 옥상에서 투신도 하지

유폐된 달
돌이 된 별
목이 긴 섬

한 조각 그늘을 빠뜨리는 밤
지구 밖을 휘돌던, 그 밤

동굴유령

망막에 뜬 구름이
안개주의보다

눈동자에 스며든 저 사내
한길에 구겨져 바닥으로 스며든다
난전이나 뒷골목
새파랗거나 샛노란 얼굴들이
잇대어 나오는 깊은 곳,
기울어진 아이를 업고
서너 무더기 호박과 오이를 팔던
여인의 눈에 바글대던 그 땡볕

날씨는 상관없다
미몽을 걸어온 모래별들

능소화 잇달아 투신하는 어둠 속
안개등을 켜고 벗어나려 하지만

구름은 왜 긴 세월 비를 뿌리나

안개꽃, 그 숱한
그늘에 부푸는 나라

>

눈썹 끝에서 누군가 운다
또다시 어두워진다

추락을 거듭하는 날개
달빛이 엎질러진다
희번덕이는 강
짙어지는 통증을 어떻게 접어야하나

슬픔을 투사하는 빛

파고가 점점 더 높아진다

왜, 백 마리 사슴이 한 마리 치타에게 쫓기는가

앙칼지게, 허공 한 자락 찢어지는 풀밭
참새새끼 대여섯 마리가 뱀 한 마리와 사투하고 있다

수백만 년 전부터 전해진 굴욕을 모르는 새끼들, 달밤이면 어미는

쇠박새를 잡아먹는 네펜텍스믹스타, 날아가는 제비를 잡아먹는 타이거피쉬 무용담을 들려줬나보다

사슴, 얼마나 청초한 풀잎인가? 저들은
뒤처진 동료가 잡아먹혀도 오로지 내달리는 무리들이다

얼룩무늬를 모조한 기린, 뿔 내주고 목숨을 건진 사슴, 치마를 펼친 공작새, 무더기로 익사한 새떼, 초원을 탈주하려는 토끼에 대해서도 다수는 침묵한다

누가 그 침묵을 찢을 수 있겠니? 심판대에 올릴 수 있겠니?

둥지를 침범한 뱀을 그저 내치는 거다 황당한 도적을 혼줄 내는 거다 슬그머니 돌아서는 뱀의 등에 콱콱 쐐기를 박는 거다

뜨거운 꽃

어떤 생들은 처음부터 검다
검은 생에서 붉은 심장을 찾는다

구산 시영아파트 5층
벙어리 사내와 사랑을 나누던
뇌성마비 여자의 날 선 비명에
119는 알몸의 사내를 끌어냈다
우우, 허우적대는 사내의 두 눈 속 깨진 별
깊은 공간이 와르르 쏟아졌다
날카로운 여자의 교성이 비튼 허공을
사람들은 해독하지 못했다

개밥바리기 흔들리는 저녁
파출소에 들어선 여자의 어머니
낮게 구겨져있는 연인을 부둥켜 늘킨다

어둔 통로에서 만난 그들
위 아래로 서로의 뜨거운 숨결을 맞추었던
검은 꽃이 이글이글 타오르고 있다

등불

밥 먹자는 말은
저수지 하나를 다 들이킨
벼 포기가
해와 달을 만나
가을빛으로 물들자는 말
때론,
멀어진 별들을 불러
껍질 벗어던지고
꼭꼭 여물자는 오래된 참말

세렝게티, 데생

초원에 사파리가 나타났다 먹이가 아니지, 사자가 무시한다

풀꽃과 오래 대화하는 사자
광선 가득한 눈빛

사자는 꽃을 바라볼 때 가지와 그늘을 먼저 생각한다 어떤 초원에선 꽃의 족보나 색깔만 중요하다 나머지는 바람이 안고 가는 그림자다 포효를 감춘 사자가 사라졌다 하이에나 독수리 까마귀가 달려들어 가젤의 피로 배를 불린다 촉새도 끼어든다 누와 얼룩말은 먼 곳에 있다 누는 20킬로미터 밖에서도 물 냄새를 맡고, 얼룩말은 축지법을 쓸 수 있다 늑대는 늑대대로 임팔라는 임팔라대로 정진하는 정글, 언젠가는 사자도 까치밥이 될 수 있다

사파리의 정의와 분배에 대하여……

초원의 사자에겐 지금 어떤 질문도 무모하다

속도의 식욕

처마 끝 제비집에 침범한 구렁이는
세 마리의 새끼를 먹었고
나의 냉동고에는 쇠고기 육백 그램과
언 닭다리 한 봉지가 있어요

양식으로 불릴 때 사체는 신성하죠
석류 한 입 깨문 입처럼
진자리 모르는 붉은 꽃잎은
라라, 즐거워요

잘근잘근 부순 꽃의 살점이
나의 내장을 순례하네요
나는 날마다 너이고
나를 먹은 너이고
나를 뒤쫓는 너를 먹는 거룩함에
라라, 속도가 붙어요

하루가 하루치의 피를 쏟을 때
아프리카 초원을 질주하는 어린 누의 공포는
KTX 속도로 내달리는 표범의 눈망울에
어찌하여 꽃으로 피어날까요

사잇길

자동차 시동이 걸리지 않는다
서비스 출동 차 배터리에 연결선을 접속해 시동을 걸고
충전이 되길 기다리는 동안
정신병동에 있는 그를 생각한다
영혼이 방전돼 사회 쪽으로는
걸음을 내딛지 못하는 사람,
그 손 꼭 부여잡고 내 영혼을 찌르르 전송시켜
십 분 만에 아우토반을
무한 속도로 내달리게 할 수 없을까
그럼 그의 입에서
빵! 빵! 빵! 노래가 터져 나오고
옆집 아낙에게 상냥한 인사를 하고
여행도 가고, 회사에 갔다 집에 태연히 돌아오고
그렇게, 그의 머릿속에 빛이 들어온다면!

정신병동 창가에 우두커니 멈춰선
그대와 나 사이에서
바람이 가느다란 교신을 하고 있다

날아다니는 건반

비에 꽂힌 시선 하나 끌어낸 교사
몇 차례 망치를 던졌다

교실이 흥건했다
청바지가 우수수 성적표를 던져버렸다
교실보다는 영화관, 풍금소리가 짙었다
솟구쳐 오르는 색깔들

-비 오는 날은 노래가 좋아
빗금 친 계단은 건반이 되고 말들은 새가 되었다
교실을 야생의 음표로 설레게 한

그의 빈 의자에
몽타주,
몽타주,
몽타주,

수백 수만 장 쌓인 균형
주름보다 깊은 비의 마디가 튄다

촛불을 바라보는 눈

뼈가 펄럭인다
허공 속으로 점점 사라지는 그의 웃음

그가 불러들인 여름평상 장갑 풀빵 자전거 미루나무 채송화가 얼굴들을 녹인다 나팔꽃이 여는 아침 남포등을 흔드는 탈곡기 한 접시의 북극성이 흐르고 골목을 향한 저녁연기에 함석지붕이 녹는다

나비를 부르는 소리, 애벌레의 노래, 펄럭이는 하모니카, 식물성 구름이 하얗게 걸어간다

하나의 눈 속에 말을 섞는 천 개의 눈

그 많은 추억이 하루살이 생보다 짧다니,
어떤 장면이 동그라미로 묶여 나를 휘발시킬 것인가

냄새가 벽이 되진 않았을까 그 벽이 문이었을까

바닥에 떨어진 질문 하나 단단해진다

간이역

한 시절 지워진 노인이 우체통 앞을 서성거린다

끊긴 혈육
구름 몇 장
굶은 바람

애끓던 날들 어떻게 지워버리나
남은 생 어떻게 쓸어버리나
어떻게 부서져 날아가나

창문 단단한 아파트
노인이 미끄러지고
세상 모든 입구가 막혀버렸다

'무심'은 얼마나 멀리 막힌 길인가

개 한 마리 비척거린다

데크레센도

화덕에서 막 꺼낸 감자 호호. 갓 뽑은 원두커피와 먹고 호호. 포도송이에 알알이 박힌 시인들 호호. 막걸리 한 사발에 담긴 뒷담화 호호. 연애편지 읽듯 호호. 굵어지는 웃음으로 호호. 인종차별 총질뉴스 호호. 백만 번 거지로 태어난다면 호호. 한 생은 최고재벌도 된다는데 호호. 막판 떨이 카드 긁듯 호호. 해결될지도 몰라 호호. 국수공장 국숫발 같은 날들 호호. 날마다 걸치는 평상복이 그만이야 호호. 이쯤이면 어때서 호호. 알 밴 소녀의 장딴지 호호. 토요일 장미꽃다발 호호. 뒷산 노을에 호호. 날아다니는 별들 호호. 어둠 끝 아침을 호호. 한 뼘 어깨에 심고나면 오오오. 구름 속 첫사랑 오오. 풀 뽑듯 뽑힐까 몰라 오.

4부

문을 열자 정숙한 의자가 있다

정숙은 평등인가 권력인가 계절에 약한 정숙 후광으로 단단해진 위엄 거푸집에 맞추는 저울 때때로 불의는 의로운 얼굴이다 의자는 항상 정의로운가?

햇살이 닿기에는
너무 먼 의자

아침이면 다시 자유가 꼬인다 널린 그림자를 바라본다

시퍼런 피를 쏟고 성장한 자유

저기 버려진 의자는 누구의 심장인가?

싱크홀

하늘이 저리 깊다

시간을 놓친 사람마다
들어가는 저 문

사월이 있었다 검다고 다 같은 색이겠나 별들이 울컥대는 사월이었다 심장을 깨는 사월이었다 새끼 밴 놀라는 사월이었다

수억 중에 생존한 단 하나의 나비가 문을 연 사월이었다 적막을 헤엄쳐온 꽃들을 쏟아놓은 사월이었다 호수마저 달뜬 사월이었다

트럭에 날개를 단 사내의 사월이었다 갓 눈 뜬 벌에게 날아가는 사월이었다 로터리를 돌면서 운전석을 들이받은 사월이었다 꽃비 황망한 사월이었다

점 점 점 꺾이는 사월이었다 허공도 붉게 우는 사월이었다

별과 별 사이 오월도 병드는 사월이었다
너무 밝고 너무 검은 하늘이 거기 있었다

인력시장

모래바람 앞에 촛불 든 새벽이 산다

낡은 배에 낡은 해를 싣고
납작해진 뱃심으로 하루를 노 젓는
바닥이란, 을도 못되는 계급

바로 앞 선에서 승차권이 끊기면
죽은 사람이 차린 하루를 먹고
비오는 날이면 죽음의 냄새를 찾아다닌다

새떼들이 뒤떨어진 새 한 마리를 버리고 노을을 넘는 저녁
한사코 파도는 문서가 될 수 없는 얼굴들을 지운다

폐지가 몰려드는 담벼락 거친 낙서를 스치며
술로 부풀린 그림자가 휘청대는 골목

밤새 터널을 빠져나가는
기적 같은 거, 죽음 같은 거

도대체 어떻게 살아가야 할까
불시착한 우리들, 몸밖에 다른 장치가 없는 우리들
몇 번이나 죽었어도 죽지 않는 우리들

>

햇빛은 가장 먼저 일어난 새들의 등을 내리누르고

하루치 더 휘어진 그림자들 위태롭다

컬러유령

아마릴리스가 피었습니다 체한 피보다 검습니다 그보다 더한 것이 입술입니다 심장입니다 더더욱 검은 것을 움켜 쥔 손아귀가 말채찍에 옮겨 붙었습니다 말갈기 휘날립니다 두 눈이 불탑니다 붉은 힘, 꼭두의 힘, 풀밭은 푸른 웃음만 기억합니다 새파란 말들을 믿습니다 짓밟힌 대륙, 풀이 휩니다 부러져도 믿습니다 꽃이 꺾입니다 강렬하고 확고한 바람, 황량합니다 그럼에도 뿌리는 햇살을 끌어당깁니다 이름이 사라졌나요? 뼈만 보이나요? 그래도 나는 노래입니다

누군가 내 뼈를 뚫습니다
정녕코, 깊은 화살이 있습니다

꽃밭에서 사람그림자를 치워 줘

그늘 속 꽃잎이 흔들려

각시나비 부전나비 황망히 사라지고
애벌레 삽시에 숨고 저만큼 새들이 왁자글왁자글……
팽팽한 햇살은 무슨 성분이지?

숲은 깁스를 하고 바다는 절룩이고 창공을 죄는 가스와 먼지

먼 그림자 좁혀오는 셔터소리 이제 그만 멈춰 줘

뜨거운 두피
소심한 바람
뾰족한 불볕

심장이 펄렁거려 여름이 불안해

계단의 벽 속의 낭하의 시멘트빛 언어들

호밀밭이 하늘에 닿았는데
새들의 발가락 사이 가을이 구르는데

그 많은, 그 거친 지문들을 어디에 새길까?
언제 다시 떡잎이 될까?

층층계

1
탕! 탕! 탕!

어떤 인권은 한 세기 전을 살고
누군가는 혁명가로 미래를 살고

저기와 거기의 이념과 국경
유럽과 아프리카의 색깔과 깊이

권력은 캄캄하고
시간은 공간을 장악하고

2
잎 하나에 천 개의 밤
줄기 하나에 천 근 바람
뿌리 하나에 무량수의 비

보이지 않는 모서리들
쉴 새 없이 층을 높이고

3
불면으로 몸이 휜 그가

비탈에서 흔들린다

계단 끝에 계단이 또 있을까
높은 의자가 기다릴까
허리는 어떤 각도로 굽혀질까
관습적인 무릎이 부서질지 몰라

되돌아가기엔 너무 먼 길

4
문득, 여기는 지구
아침이 기필코 돋아나는 곳

새와 뱀, 책과 칼, 백로와 까마귀, 저울과 가슴의 거리
태양은 새벽부터 잠자는 국경을 깨우지

잉크

한 방울이
한 병이 되고 꽃이 되고
구름이 되고 역사가 되기도 했다

숲의 정령이었던 이슬이
풀잎을 떠나
어떻게 병 속에 들어갔을까

그 새벽을 누가 다 잡아넣었을까

밤을 건너온
그 눈빛 그 고요
그 열기와 폭우

뼈를 삭인 투명한 지문

얼마나 더 많은 어둠을 걸러야
남은 아침이 가벼워질까

종유석의 시간

물의 시원始原을 따라간다
젊은 사내가 낙타를 타고 간
시내산동굴이 펼쳐진다

가시나무에 태동된 언어를 찾아
홀로 된 젊은이는
먼 산의 풀을 깎고
아득한 길이 너무 고단했는가

물소리 뜨는 계곡
석주에 기대어 종유석을 스치는
신기루의 노래를 듣는다

사막을 감춘 초록 뱀이
흰벽 고요를 더듬고
석순 사이
짐승들 울음 섞인
오랜 바람이 멀리 흐른다

천 개의 침묵 앞에서
잠시 낙타의 발굽소리가
마른 너럭바위에 몸을 눕힌다

화병을 번역하면

꽃 타는 냄새가 나

풀밭 위 붉은 목이 읽혀
여름 냄새 후끈거려

향기 한 마리에 넝쿨진 허공
광년의 그 색깔을 가볍게 해독할 수 있을까

점점 녹슬어가는 기억들

그 어둠까지 꽂을 화병이 아니라면

화병에 물 붓지 말기
화병도 꽃도 미리 쓸쓸해
주변이 다 캄캄해

끝없이 공중의 문을 여는 손짓들
허무를 채우는 색깔로
불쑥불쑥 그늘이 부풀고
짙어지는 생각들

광야를 건너는 그 햇살 꺾지 말기

시간을 흔드는 그 바람 잡지 말기

제 피를 길어 올리지 못하고
담을 넘는 물크러진 미래가 보여

마지막 층

어린 딸이 쟁반에 차를 내온다
일행은 으레 화투판을 펼친다
아낙이 넓은 뜰 닭을 쫓는다
현지인이 합류한다
열댓 마리 흩어진 닭들
급기야 화투를 치던 이들도 나선다

필사적으로 도주하는 닭들,
죽음의 손을 벌린 대여섯 명
삼십여 분이 지나서야
오로지 한 마리만 쫓기로 한다
목표물을 정하자 곧 사냥이 끝났다

누가 정했는지 모른다
열댓 마리 중 하필 그 한 마리
그 몸부림, 그 죽음
가마솥 주변에 널린 깃털들
아낙을 살려야 했던 닭
구원의 신이었던 닭

세월 저쪽 하늘이 무너졌던 것인데

>

그래도 또 닭들은
번번이 도망치는 닭들은
알찬 알을 품은 닭들은
모이를 쥔 손 앞에 쪼르르 달려오고

층간소음

피아노 소리가 천장에서 쏟아진다
잘랐던 귀를 또 다시 자르자
덧난 고름이 흘러나온다

희고 검은 건반이 출렁이는 방
희고 검은 구멍이 뚫린 가구 뒤에서
완두콩 싹이 시들고 있다

벽과 벽 사이 아찔하다

구름 위로 밧줄을 던지고
지오 클래식에 채널을 맞추고 눕는다
감정을 아무리 지워도
수많은 이파리들 흔들린다

빳빳한 햇살, 기울어진 눈썹 사이로
그늘 한 켜 깔고자 하면
구름의 이면
걸려있는 밧줄조차 흐물거린다

완두콩줄기가 생명을 감아올리려는데

>

덜컹덜컹 밧줄 끝까지
올라오는 소리

무기를 든 건반들이 쳐들어온다

목이 긴 눈빛

가시를 뺐어요

발바닥에 박힌 수십 년 침묵

봉인된 시간이 쏟아져요

포도밭 그늘이 있고
새가 있고
희끗희끗 햇빛을 흔드는 그림자들

찔레나무가 자꾸 내 이름을 불러요
돌아보지 말아야 해요

거기 가시나무가 있고 은장식 파이프가 있고 흰 모자를 쓴 아이가 있고 자전거를 타는 달이 있고 도마뱀이 있고 오래된 무덤이 있어요

돌아보면 나는 다시 가시에 찔린 채 운동장을 뛰어나와 숱한 계절을 돌고 소복을 입고
그 밤이 아무렇게나 흐트러져요

그러나 할 일은 언제나 앞쪽에 있어

푸르르, 꽃씨 한 알 먼 데서 날아들지요

허물어진 오후가 더듬더듬 쓰러진 시간들을 일으켜요
풍경엔 정거장이 없네요 모든 사물들이 달리고 있어요

저인망

구름을 만들고 구름을 먹고 구름에 거처하고
뿌리가 되는 일, 꽃이 되는 일, 새가 되는 일

바람이 순환하는 루트에 대하여
루트와 악수한 손에 대하여

층층 그늘에서 어둠이 돋아난다
유리병 속 근심이 펄럭인다

고요히 휘어지는 달
길들여진 풀잎들
바닥에 밤이 쌓인다

고층빌딩 어디쯤에서
허기진 비만은 대롱거릴까
모든 바람의 추락은 타살이다
햇빛을 믿을 수 없다

구름 아래 숫자가 부푼다
백 년 전 그 루트에 저항한 그 폭풍우
구름이 하늘을 덮지 못한다면
수평선을 읽을 수 없다면

무엇이 파도를 두려워할까

이 기나긴 장막 속
날개 없는 시간은 어디에 쌓이나?
시계바늘은 누구의 손인가?

3D 열쇠

Z축 공간을 발견한 프린터. XY축에 높이를 가졌다. 입체를 불러온다. A4용지에 출력되던 모나리자, 아그리파 석고상처럼 드러난다. 시간의 벽이 무너진다. 시공을 추적한다. 기억이여, 영원하라. 사랑하는 이의 콘텐츠를 맵핑한다. 중세의 노란 머리 소년에게 묻는다. 아버지 거기는 어떤 계절인가요? 생사가 없는 공간, 붉고 푸른 언덕이 없는 곳, 열린 눈썹 속의 바다, 흰 숨결의 숲. 2999년의 아버지가 딸을 터치한다. XYZ=2014년 가을 유카리스, 파란 잎이 출렁인다. 수천의 이름으로 나는 복제되고 수억의 얼굴로 그가 생한다. 어떤 별도 닿지 않은 눈동자, 어떤 침묵이 아득아득 애틋하다. 이제 나는 XYZ=기원전, 은하의 문을 찾아 프린터로 들어간다.

너무,

심장이 부풀었다 가슴이 열렸다 붉은 말들이 쏟아졌다 공항 검색대가 입국한 트렁크를 의심했다 달나라를 화성을 샅샅이 투시했다 멋쩍은 요원에게도 안녕! 안녕하세요! 보이는 사람들마다 황홀했고 모든 사물에게로 심장이 흘러갔다 그 행성에선 떠도는 심장을 흔히 본다 엘리베이터에서 버스에서 사무실에서 거리에서 상의 포켓에 꽂힌 심장끼리 눈웃음을 나눈다 하녀처럼 세심했던 나의 심장에 그들의 언어가 스몄다 날개 돋은 심장은 온도에 민감했다 복지와 문화의 감정에 비례했고 정치와 음악의 속국이기도 했다

이 별에선 수백 개 심장이 바다에 수장되기도 쓰레기통에 버려지기도 한다 노출된 심장을 누군가 잽싸게 스캔한다 쳇바퀴 돌리는 심장들은 호흡을 닫고 외출한다 구름 속 뼈가 만져져 스카프에서 눈이 느껴져 가방은 진짜 꽃일까 카페를 크림처럼 휘젓던 음표가 얼기 시작했다 사이렌소리 잦은 도시, 지문에 새긴 현관 비밀번호, 오늘도 웅크린 심장은 해를 쬐지 못한 채 북쪽으로 기울어간다

해설

벽을 여는 사람

안서현 문학평론가

벽을 여는 사람

안서현 문학평론가

공간은 우리의 사유와 상상을 틀 짓는다. 우리가 일상적 공간에서 벗어나 다른 공간, 그것도 이전에 가본 적 없었던 미지의 공간 쪽으로 한 걸음 내딛는 순간, 사유는 좀 더 신선해지고 상상은 훨씬 발랄해지며 감각은 보다 청신해진다. 그래서 새로운 공간—포에지의 장소—을 찾아 여는 것이 또한 시인의 일이기도 하다. 강서완 시인은 그러한 다른 공간으로의 이행을 시적 상상의 첫자리로 삼을 뿐 아니라, 그것도 이미 나 있는 길을 따라 가는 평온한 여행이 아니라 세계의 견고한 구조를 뚫고 나아가는 '파행跛行'의 순간을 즐겨 시에 도입하는 시인이다.

언어 운용의 측면에서도 마찬가지이다. 단어들의 익숙한 조합이나 관용구를 즐겨 사용하는 것이 아니라 낯선 충돌과 생경한 연결을 만들어내는 것, 일반적 화법과 상투적 논리를 피해 말의 길을 스스로 닦아가며 그 길을 가는 것, 그것이 강서완 시인의 시적 언어의 특징이라 할 수 있다.

그러한 '파행'의 시 쓰기에 어느 정도 동반될 수밖에 없는 비

약과 충돌은 독자들로 하여금 그의 시가 낯설다는 느낌을 받게 만들기도 한다. 그러나 대신 그의 시를 곱씹다 보면 문이 아닌 벽을 열고 나아가는 돌파의 박력을 느낄 수 있는 것이다(실제 이 시집 『서랍마다 별』에는 벽을 여는 장면이나 이미지가 종종 등장하는 바, 이 글의 뒷부분에서 좀 더 살펴보도록 하겠다.). 벽을 열어젖히고, 허물고, 넘어가는 이러한 강 시인의 시의 원리를 '개방과 파열, 그리고 탈주의 시학'이라고 이름 붙여본다.

개방의 꿈: Z항을 찾아서

「3D 열쇠」는 강서완 시인의 시 세계를 관통하는 '개방의 꿈'이라는 주제가 잘 드러나 있는 텍스트다. 현실에서도 제2의 산업혁명을 가능하게 하는 발명품으로 극찬 받는 3D프린터는, 이 시에서는 새로운 차원의 상상을 가능하게 하는 상상혁명의 '열쇠'로 유비되고 있다.

> Z축 공간을 발견한 프린터. XY축에 높이를 가졌다. 입체를 불러온다. A4용지에 출력되던 모나리자. 아그리파 석고상처럼 드러난다. 시간의 벽이 무너진다. 시공을 추적한다. 기억이여, 영원하라. 사랑하는 이의 콘텐츠를 맵핑한다. 중세의 노란 머리 소년에게 묻는다. 아버지 거기는 어떤 계절인가요? 생사가 없는 공간, 붉고 푸른 언덕이 없는 곳, 열린 눈썹 속의 바다, 흰 숨결의 숲, 2999년의 아버지가 딸을 터치한다. XYZ=2014년 가을 유카리스, 파란 잎이 출렁인다. 수천의 이름으로 나는 복제되고 수억의 얼굴로 그가 생한다. 어떤 별도 닿지 않은 눈동자, 어떤 침묵이 아득아득 애틋하다. 이제 나는 XYZ=기원전, 은하

의 문을 찾아 프린터로 들어간다.

—「3D 열쇠」 전문

이 열쇠는 창조의 영역으로 "입체를 불러" 오는 공간적 차원에서의 상상력 확장 이상의 기능을 한다. 내친 김에 이 열쇠로 4차원의 벽을 열어, 시공과 생사를 자유로이 넘나들며 수많은 자아와 그 아버지들을 만날 수 있다는 것이다. "시간의 벽"도 무너뜨리고 "은하의 문"까지도 열어 세계가 처음 탄생하는 그 지점에로까지 돌아가서 인류의 꿈의 기억을 소급해내는 열쇠다. 그야말로 '4차원 상상력'의 출현이다.

위 시는 창조의 지평을 확장할 수 있는 시적 상상력의 힘에 대한 예찬으로도 읽을 수 있고, 또 강서완 시인의 시작술詩作術에 관한 표명으로도 읽을 수 있다. 앞에서 언급한 이질적 언어들의 결합과도 같은 원리를 지닌 시 공간 구축법이다. X축과 Y축의 변수들이 만나 생성된 2차원의 평면에 Z라는 제3의 축을 결합시키면 3차원의 입체 공간이 만들어진다. 기존 서정시의 요소들 간의 결합 위에 새로운 미지항들을 추가함으로써 새로운 시적 공간을 축조해나가는 것이다. 가령 '별'이나 '나비'와 같은 고전적 상징에다 이질적이고 잘 어울리지 않는 이미지들을 계속해서 첨가하는 방식이다. 일반적 서정시의 평면 위에 개성적 요소들을 결합시키면서 들쑥날쑥한 '높이'를 만들어나가는 것이다. 이것이 그의 시 세계가 분방한 입체성을 지니는 비결이다. 그러니 이 시는 3D프린터에 관한 시가 아니라 시인의 미학적 입장과 야심을 밝힌 시로도 읽히는 것이다.

이러한 소위 '3D 상상력'은 몇몇 시에서 그 구체적 형상화를 얻고 있다. 가령 시인의 공간적 상상력에 따르면 세계는 층계와도 같은 모양으로 여러 개의 '높이'들의 절합과 (비)연속으로 이루어져 있다는 것이다. 「문명 한 층」, 「계단 풀기」, 「층층계」, 그리고 「마지막 층」 등에서 이러한 독창적 상상 공간이 펼쳐지고 있다. 다음 시 「층층계」는 세계를 구성하는 차별과 위계, 세계를 지탱하는 축적과 성장, 그리고 세계 속에서 살아가는 인간들의 감각인 반복과 피로 등을 압축적으로 표현하는 데 성공하고 있다.

1
탕! 탕! 탕!

어떤 인권은 한 세기 전을 살고
누군가는 혁명가로 미래를 살고

저기와 거기의 이념과 국경
유럽과 아프리카의 색깔과 깊이

권력은 캄캄하고
시간은 공간을 장악하고

2
잎 하나에 천 개의 밤
줄기 하나에 천 근 바람
뿌리 하나에 무량수의 비

보이지 않는 모서리들

쉴 새 없이 층을 높이고

3

불면으로 몸이 휜 그가

비탈에서 흔들린다

계단 끝에 계단이 또 있을까

높은 의자가 기다릴까

허리는 어떤 각도로 굽혀질까

관습적인 무릎이 부서질지 몰라

되돌아가기엔 너무 먼 길

4

문득, 여기는 지구

아침이 기필코 돋아나는 곳

새와 뱀, 책과 칼, 백로와 까마귀, 저울과 가슴의 거리

태양은 새벽부터 잠자는 국경을 깨우지

—「층층계」 전문

그야말로 문명론적 규모와 전지구적 차원에서 세계를 총체적으로 관찰하고 그 입체상을 그려내고 있는 세계의 축도와도 같은 시다. 이 시에 따르면 세계는 서로 다른 역사적 단계들을 지나는 나라들, 각자 층고와 속도는 다르지만 저마다 높이 올라가려 안간힘을 쓰는 '모서리들'의 점층적 연쇄로 구성되어

있다. 높이의 차이의 공간들로 구조화되어 있는 것이다. 그리고 끊임없이 더 높은 곳으로 계단을 올라야 하는 피로한 삶, 차가운 차이와 구별의 논리를 견뎌야 하는 또 하루의 슬픔이 사람들을 덮친다. 비판적 세계 인식이 이 시에서 압축적 형태를 얻고 있다.

파열의 꿈: 섬에 가고 싶다

앞 절에서 인용한 시 「3D 열쇠」가 다른 차원을 개방하는 상상력에 관해 이야기했다면, 이제부터 살펴볼 시들은 '층계의 세계'에 균열과 틈새를 만들어내고자 하는 꿈을 담고 있는 시들이다.

앞서 살펴본 「층층계」에서가 아니더라도, 강서완 시인이 그려내는 현실 세계의 풍경은 대체로 암울하다. 현실은 「세렝게티, 데생」이나 「왜, 백 마리 사슴이 한 마리 치타에게 쫓기는가」에서 나타나는 것과 같은 약육강식의 '정글'의 생태계로 유비되거나, 「사탕수수의 피」에서처럼 무자비한 약탈이 행해지는 '식민지'의 땅으로 그려지기도 한다. 시인은 그러한 견고한 강자 중심의 세계에 균열을 기입해넣고, 그리함으로써 그 안에서 해방적 틈새를 발견하고자 애쓰고 있다.

골목이 보이지 않고, 사람들 속도에 맞춰 사람들 속을 사람들에 떠밀려 걸었다

생각할 틈 없이 저녁이 오고 아침이 왔다

범퍼에 엉겨 붙은 하루살이 떼

그들을 읽지 않은 채 세차했다 길은 흐름대로 가야한다 밥 시간에 밥 먹고 쉴 시간에 쉬고 다수의 찬성에 동의하고 붉은 티를 입으면 나도 붉은 티 입고 그들이 경계하는 것을 나도 경계했다

결심 없이도 내일이 오고 오늘이 갔다 어느 날

촛불들이 골목에서 쏟아져 나와 큰길을 걸었다 침묵이 부풀고 어둠이 축축해졌다

섬이 생기기 시작했다

수백 마리 하루살이 중, 단 한 마리도 반항하지 않았단 말인가?
어떤 섬이 영혼을 들추었다

(중략)

섬이 많아지고 있다

섬과 섬의 뿌리가 맞닿는다 섬들이 촘촘한 그물을 펼친다 바깥을 향한다
—「문명 한 층」 부분

“골목이 보이지 않”는 미끈한 공간은 음험하다. 그 안에는 “생각할 틈”조차 없다. 침묵 속에서 마비의 삶을 살아가고 있는 “하루살이 떼”들, 무비판적으로 대세를 따르는 타성의 삶을 살아가고 있는 “붉은 티”의 사람들은 그러한 빈틈없는 공간을 변화시킬 힘을 갖지 못한다. 그러던 어느 날 “촛불들”이라는 계기가 생겨난다(그것은 특정한 사건일 수도 있고, 작은 변화의 상징일 수도 있겠다). 그리고 마침내 이 도시에서는 ‘골목’이 다시 깨어나고, 영혼이 숨 쉴 수 있는 틈새 공간인 ‘섬’도 하나둘씩 생겨난다. 결국 이러한 ‘사이’의 공간이 “촘촘한 그물”처럼 펼쳐질수록 세계의 공고한 질서는 균열 파괴crack opening의 가능성을 보여주게 되는 것이다.

이러한 ‘파열의 꿈’은 「계단 풀기」에서도 계속된다.

> 열쇠가 열리지 않아, 라는 말을
> 열 시가 열리지 않는다고 들었다
>
> 열 시 십 분의 자세로
> 일어서고 눕는 계단
> 바다는 열려 있고
> 아이들은 닫혀 있다
>
> 학교에서 학원으로
> 도서관에서 고시원으로
>
> 나비가 날지 않는 놀이터

아이들의 홍채 속에서 풀들이 자란다
베어내도 풀들은 자라고
봄을 잡으러
벽속으로 걸어 들어간
청년의 피를 믿을 수 있을까

하늘과 꽃과 새를 책갈피에 끼운 채
새벽 전철을 타고 직장으로
어둠을 안고 집으로

열시 너머 어둠에 기댄
열려라 계단,

너울성 파도가 밀려온다
수평선을 박차고 열시를 허문다
—「계단 풀기」 전문

위 시에서 계단으로 표상된, 완강히 '닫힌' 세계는 자연과 생명에 대해 친화적이지 않은 공간으로 그려져 있다. "나비가 날지 않는 놀이터"에서 놀거나, "학교에서 학원으로", "도서관에서 고시원으로" 이동하며 폐쇄적 공간 회로에 갇혀버린 아이들과 청년들은 "나비"와 "봄"으로 표상된 자연적 혹은 서정적 세계를 잃어버릴 위기에 처해 있다. "직장으로", "집으로"의 완고한 회로 속에 들어간 직장인들 역시 "하늘과 꽃과 새를 책갈피에 끼운 채" 그러한 자연적 · 서정적 세계와의 심각한 단절을 겪고 있다. 그런데 열 시가 넘어 드디어 이 회로에서 빠져

나와 귀가한 이들이 “열려라 계단”을 외치는 순간, 닫혀 있던 세계가 조금이라도 열릴 수 있는 가능성이 보이기 시작한다. “너울성 파도”가 밀려오며 기존의 공간이 허물어지기 시작한 것이다. 밤의 시간 동안만이라도 자연과 생명의 세계, 서정적 세계와의 유대가 회복될 수 있을까. 이 시는 그러한 세계의 균열 가능성을 탐지하고 있는 것이다.

탈주의 꿈: 화병이 깨지면

앞 절에서 인용한 「계단풀기」에서와 같은, 폐쇄된 세계와 그곳에 갇혀버린 사람들의 이미지는 이 시집에서 반복하여 등장하고 있다. 「날아다니는 건반」이나 「카르페 디엠」에서는 교실에 갇힌 학생이, 「사잇길」에서는 병원 입원실에 갇힌 사람이, 그리고 「간이역」에는 폐쇄된 마을에 갇혀버린 듯 홀로 남아 있는 노인의 이미지가 등장한다. 「작은 화분에, 구름」이라는 시에도 역시 이와 유사한 유폐의 시적 상황과 정서가 드러난다. 그만큼 갇혀 있는 장소를 이탈하고자 하는 ‘탈주의 꿈’도 자꾸만 몸집을 키우게 된다.

커튼 친 백야를
어둠을 분노하는 우리는

정석을 떠나 오지로 가고
창가 화분도 바다를 넘고
때론 옥상에서 투신도 하지

유폐된 달
돌이 된 별
목이 긴 섬

한 조각 그늘을 빠뜨리는 밤
지구 밖을 휘돌던, 그 밤
—「작은 화분에, 구름」 부분

위 시에서 좁은 화분에 갇혀 있는 생명의 이미지는 빛을 잃고 어둠 속에 "유폐된 달" 혹은 하늘에서 빛나지 못하고 땅으로 떨어진 운석을 가리키는 "돌이 된 별", 외로운 영혼인 "목이 긴 섬" 등의 이미지로 변주된다. 갇혀 있는 "우리"는 "바다를 넘"거나 "옥상에서 투신"하는 등 속화된 일상의 구속에서 벗어나거나 탈주하는 꿈을 꾸고 있다. 어린 미래의 주체들은 폐소의 상황에서 벗어나고자 시도하고 있는 것이다.

이러한 폐소와 탈주와 관련하여 특히 교실이나 학생들의 이미지가 많이 나타나기 때문에, 시인이 교육에 대해 가진 남다른 관심을 가지고 있는 것이 아닐까 짐작하게 한다. 교육의 영역은 가장 전형적으로 계단형으로 구조화되어 있다. 각급 학교나 학년의 체계는 물론, 성적순으로 줄을 세우거나 점수에 따라 '등급'을 매기는 등의 시스템이 그러하다.

꽃 타는 냄새가 나

풀밭 위 붉은 목이 읽혀
여름 냄새 후끈거려

향기 한 마리에 넝쿨진 허공
광년의 그 색깔을 가볍게 해독할 수 있을까

점점 녹슬어가는 기억들

그 어둠까지 꽂을 화병이 아니라면

화병에 물 붓지 말기
화병도 꽃도 미리 쓸쓸해
주변이 다 캄캄해

끝없이 공중의 문을 여는 손짓들
허무를 채우는 색깔로
불쑥불쑥 그늘이 부풀고
짙어지는 생각들

광야를 건너는 그 햇살 꺾지 말기
시간을 흔드는 그 바람 잡지 말기

제 피를 길어 올리지 못하고
담을 넘는 물크러진 미래가 보여

—「화병을 번역하면」 전문

위 시에도 미래의 시간으로 나아가지 못하고 갇혀버린 주체의 폐소 공포가 징후적으로 포착되어 있다. 허무와 어두운 상념에 시달리다 결국 "물크러"져버리고 마는 "미래"의 비극적 모습이다. 이 "물크러진" 꽃은 "향기"와 "색깔" 등 "가볍게 해독할 수" 없는 가능성을 지니고 있었으나 세계에 의해 "꺾"이고 "잡"혀 버린 어린 미래 주체들을 두루 의미할 수 있음은 물론이다. 하지만 달리 읽는다면 시인은 이들 미래들에게 일말의 탈주의 가능성을 부여하려 했다고도 볼 수 있다. 마지막 연에서 꽃은 비록 "물크러"져버리더라도 일단 "담을 넘는" 필사적인 탈출을 감행하고 있는 것이다.

이 시집의 시들에서 '별'은 제 빛을 잃은 채 갇혀 있는 '운석'의 이미지로 나타나기도 하지만(앞서 읽은 「작은 화분에, 구름」에서의 "돌이 된 별"이나 「카르페 디엠」에서의 "상자 속에선 억울한 운석 하나가 눈 감지 못하고 섰다"에서의 '운석'), 한편 서정의 지속 가능성의 상징이기도 하다. 「안개, 온몸에 비가 내립니다」를 보자. "천 개의 서랍" 속에 간직된 별들은 그 안에서도 "지지 않"고 빛난다. 내밀하게 간직된 순정한 서정의 씨앗인 것이다. 그러나 그 "서랍마다" 간직된 별들은 아마도 그 관습과 상투성 속에 유폐된 시적 가능성을 열고 나가는 외부 지향의 서정으로 우리 앞에 모습을 드러내지 않을까 싶다. 그리하여 개방과 파열과 탈주의 꿈으로 가득한, 역동적 서정의 세계를 시인이 계속해서 열어젖히기를 기대한다. 짐짓 넘어지며 손을 잘못 짚은 시늉을 하며 "손에 박힌 모래를" 털어내듯 "천 개의 서랍"에 간직되던 별들을 세상에 쏟아낼(「사랑」) 강서완 시인의 다음 행보가 기다려진다.

강서완

강서완 시인은 경기도 안성에서 태어났고, 동아대학교 경영대학원을 졸업했으며, 2008년 『애지』로 등단했다. 『서랍마다 별』은 그의 첫 시집이며, '탈주의 시학'으로 설명할 수 있다. '천 개의 서랍이 있고 천 개의 서랍마다 별이' 피었으며, 그 별들은 결코 지지 않고 빛을 발한다. 천 개의 서랍 속에서도 비가 오고, 꽃이 피고, 새들이 울고, 수많은 별들이 그 순정한 빛을 지향한다. 그의 탈주는 불가능을 꿈꾼다는 점에서 이상적이고, 그 불가능을 가능하게 만들고 있다는 점에서 현실적이다. 요컨대 이 세상 밖의 천국이 아닌 이 세상 안의 천국, 즉 감옥(서랍)에서 감옥 속의 삶을 살며, 그 감옥을 천국으로 만들어가는 탈주라고 할 수 있는 것이다.

이메일 : may-kbl@hanmail.net

강서완 시집

서랍마다 별

발　행 2016년 3월 21일
지 은 이 강서완
펴 낸 이 반송림
편집디자인 김지호
펴 낸 곳 도서출판 지혜
계간시전문지 애지
기획위원 반경환 이형권 황정산
주　소 34624 대전광역시 동구 선화로 203-1 2층 도서출판 지혜 (삼성동)
전　화 042-625-1140
팩　스 042-627-1140
전자우편 ejisarang@hanmail.net
애지카페 cafe.daum.net/ejiliterature

ISBN : 979-11-5728-175-6 03810
값 9,000원